KB132125

새의 얼굴

윤제림 시집

문학동네시인선 048 윤제림

새의 얼굴

시인의 말

   어깨에 고장이 생겨서, 한쪽 팔을 잘 쓰지 못한다. 당연히 다른 한쪽이 수고가 많다. 일 없는 이쪽 팔은 하릴없이 두 곱의 일을 떠안게 된 저쪽에 미안해서, 숨도 몰래 쉬는 눈치다. 가만히 매달려 있다.
   팔이 둘인 것이 새삼 고맙다. 양팔이 날개가 아닌 것이, 내가 조류가 아닌 것이 다행스럽다.
   어떤 시간이 와도 시절을 탓하지 않고, 어떤 세상이 와도 공밥은 먹지 않게 되기를 바랄 뿐이다.
   내 시는 조화와 평화를 꿈꾼다.

2013년 12월
윤제림

차례

2부

3부

1부

내가 살을 빼야 하는 이유

나는 곧 인도에 도착할 것이다, 길을 모르니
릭샤를 부를 것이다

체중 미달로 병역이 면제된
본희 형보다 가냘픈 사내에게,
꽃을 밟아도 꽃잎 하나 다치지 않았을
피천득 선생만큼 가벼운 남자에게
몸을 맡길 것이다

사내는 나를 옮겨 실으며
눈으로 물을 것이다
  ―뭐가 들어서 이렇게,
    불룩하지요?

그러고는 옛날 서울역 지게꾼처럼
기를 쓰고 일어나며 페달을 밟을 것이다
릭샤가 천천히 움직이기 시작할 때
맨발의 사내는
혼잣말처럼 또 이렇게 물을 것이다
  ―무슨 물건이 이렇게,
    무겁지요?

예토(穢土)라서 꽃이 핀다

대여섯 살 먹은 여자아이와 서너 살 사내아이
어린 남매가 나란히 앉아 똥을 눈다
먼저 일을 마친 동생이 엉거주춤 엉덩이를 쳐든다
제 일도 못 다 본 누나가
제 일은 미뤄놓고 동생의 밑을 닦아준다
손으로,
꽃잎 같은 손으로

안개가 걷히면서 망고나무 숲이 보인다
인도의 아침이다

설산 가는 길

고작 삼십 리 길도 한나절을 가는 버스가
시커먼 연기를 뿜으며 올라오고
이웃나라에서 거저 얻어 온 트럭이
요란하게 산허리를 돌아가지만
길가의 나무도 돌도
군말이 없다
설산만큼 나이를 먹었을 늙은 구름들도
어린것들처럼
새뜻하다

설산 가는 길
이 원시의 새마을에선
내가 제일
고물이다

설산 가는 길 2

식당에도 여관에도 장마당에도
인간의 상품보다는
하늘나라 물건이 흔하더군

세숫물도 목욕물도
신과 짐승과 사람이 함께 쓰더군

물건 참 오래 쓰고 곱게 쓰더군
만년(萬年) 묵은 눈이
아직도
새것이더군

설산 가는 길 3

설산 눈 녹은 물에 빨래를 처덕이며
이국의 사내를 올려다보는 산골 처녀의
눈망울이 염소 같다, 소 같다

저만치 검은 소와 염소가 누이를 걱정하듯
이쪽을 본다

육이오 때, 버덩 개울물에 빨래하던
우리 엄마도 저렇게 숨죽이며
염소처럼 소처럼
북진하는 흑인 병사를 쳐다보았을 것이다
저만치서 외할아버지와 어린 외삼촌이 겁먹은 얼굴로
낯선 얼굴들을 흘끔거리고 있었을 것이다

일행 중에 누군가 휘이잇 휘파람을 불었다
처녀는 놀란 얼굴로
검은 소와 염소를 쳐다보았다

검은 소가 무어라 고함을 질렀고
염소는 떨리는 목소리로 누군가를 부르며
줄달음쳤다

안나푸르나 저녁놀

방자야, 네 눈에도 보이느냐

어떻게 여기까지 왔는지는 모르겠다만
갈라파고스 거북이 한 마리가
설인(雪人) 하나를 태우고
일몰의 구름바다를
떠간다,
집으로 간다

바다 구경 한번 못해본 눈사람
서울 구경 시켜주러
용궁 간다

타클라마칸

한번은 낙타를 타고
비단 팔러 가던 길
한번은 말을 타고
둔황(敦煌)을 털어 오던 길
그 길을 초행인 척
버스를 타고 가네
모래의 상점과 도둑의 시체를
밟고 가네
그대를 밟고 가네

낙타

그 큰 눈 가득 노래가 들었더군

      ……헤일 수 없이 수많은 밤을
          내 가슴 도려내는 아픔에 겨워……
      ……아득한 저 육지를
          바라보다 검게 타버린 검게 타버린……

같은 소절만 천 번 만 번 우물거리더군

동백 아가씨처럼, 흑산도 아가씨처럼,
우리 엄마처럼,
이미자처럼.

물위의 학교

사진을 찍으면 아마존처럼 나올 곳에
맹그로브 숲가에
말이 호수지 바다처럼 큰 물위에
학교 하나 떠 있네
철공소도 있고 예배당도 있는 물위에
담배 가게도 있고 술집도 있는
수상 촌락에

　　금발의 처녀를 태운 모터보트가
　　학교 앞을 지나네

연잎처럼 뜬 교실에
부레옥잠 같은 아이들이 열서넛
아이들은 문제를 풀고
선생은 졸고 있네
학교 옆 카페 수족관의 악어가
교실을 들여다보네

　　교실 창가에서 젖은 몸을 말린
　　까마귀가 권태롭게 날아오르네

한 아이가 손을 들고 나오며
선생을 부르네

또 한 아이가 다 쓴 공책을 치켜들고 나오네
선생이 손가락 하나를 펴 보이며
연필을 건네주네
손가락 하나를 더 펴 보이며
공책을 꺼내주네
아이는 내일 연필 값을 가져와야 하네
또 한 아이는 공책 값을 가져와야 하네

　　중국말을 쓰는 유람선이
　　교실 앞을 지나네

선생의 서랍엔 없는 게 없네
선생은 문구점 주인
글 가르치고 셈 가르치다가
연필도 팔고 공책도 판다네
하나같이 먼 나라에서 온 물건들
비싸게야 팔겠는가
제자들이 손님인데

　　봉두난발의 노인 하나
　　빈 배를 저어가네

그래도 아주 헛장사는 아니어야지

선생의 사업인데
쌀국수 한 그릇이야 떨어지겠지
사나흘 뱃삯이야 나오겠지
아이들도 그렇게는 주고 사겠지
부모들도 그만치는 값을 내겠지

　　깨진 나룻배 위에서 거지 모녀가
　　손을 내미네

연잎처럼 뜬 교실
부레옥잠 같은 아이들이
꽃처럼 수런거리는
한낮
물위의 학교
혹은 문구점

섬

먼바다로 나가서 돌아오지 않는 것들이
언제 돌아올지 몰라서

섬은 서 있는 거라,
죽을힘으로 버티고 섰는 거라.

섬 2

산을 내려온 사람은 두고 온 산을 걱정하지 않지만
산은 사람 하나를 돌려보낼 때마다
그만큼 무거워진다
사람 걱정으로 골짜기는 더 깊어지고 그늘은 짙어진다

섬은 떠나간 나그네를 쉬이 잊어버리지만
나그네는 두고 온 섬이 오래오래 눈에 밟힌다
가방 속에서 섬이 나오고
책상 위에도 섬이 떠 있다

소나무는 언제나 절벽 위에 있을 것이다*

소나무라고 왜 다른 옷 한번 입고 싶지 않겠는가마는
소나무는 계속 푸른 옷을 입고 있을 것이다

세한도를 배우는 소년들과
상록수를 노래하는 처녀들
그리고 학이나 두루미를 외면할 수 없어서다

청량산이나 주왕산, 절벽 위의 소나무를 보라
많은 사람이 올려다보고 간다
한참씩을 보고 간다

소나무는 언제까지나
절벽 위에 있을 것이다.

* 조르주 루오의 그림 제목 〈예수는 언제나 십자가 위에 있을 것이
다〉를 빌려 씀.

내가 사는 곳

누가 나더러 어디 사느냐 물으면, 일산 산다고 답하는데,
그러면 일산이 웃는다

"너는 일산 사람이 아니지
너는 막차를 타고 와서 새벽이면 나가버리는
나그네지

일산 사람은
일산에 뜨고 지는 해를 빠짐없이 바라보고
일산에 내리는 눈비를 다 맞지
토박이 풀과 별의 내력을 알고
뜨내기 바람과 구름을 가려내지
무슨 일로 야반도주를 하다가도
동틀녘이면 돌아오지
목을 매달아도 아는 나무에 매달자고
울면서 돌아오지

저기 저 사람을 보게나,
선산도 공원묘지도 마다하고
이제는 묵밭 쑥밭이 되어버린
마늘밭에 묻힌 사람,
제 손으로 갈고 엎던 밭이랑을 베고 누운 사람,
목이 마르면, 한밤중에도 옛집까지 기어가서

살아서 먹던 물을 핥고 오는 사람

저쯤 되어야 여기 사람이지"

내가 사는 곳은 어디인가.

2부

국세청에 드리는 제안

국립공원 속리산 정이품송이나
경상북도 울진군 백암온천 가는 길
백일홍한테
무슨 일을 더 시키겠습니까?

미인은
면세(免稅)가 마땅합니다.

산수문경(山水紋鏡)

자고 일어난 산이 거울을 보네
못물 가득한 논에 엎디어
제 얼굴을 보네
작년 봄 뻐꾸기 울 때 보고 지금 보네.
그새,
당신이 좋아하던 꽃은 지고
내 머리맡에 와 울던 새도 멀리 떠났지,
늙은 굴참나무는 아주 눕고
내 놀던 바위는 저만치 굴러가버렸지,
창식이 삼촌은 죽어서 올라오고
몇 마리 짐승은 길에서 죽었지.
민박집 뒷산이 거울을 보며 우네,
작년 얼굴이 아니네
이 얼굴은 아니네
고개를 흔들며 우네.
장화 한 짝과 막걸리 병과 두꺼비가 보이는
논두렁에서 산이 우네.
식전부터 우네.
건너편 솔숲에서 자고 나온
백로 한 마리가 무심코 논에 들어섰다가
죽은듯이 멈춰 서 있네.
산수문 흐려진 거울 복판에
서 있네.

목련꽃도 잘못이다

    춘계 전국야구대회 1차전에서 탈락한 산골 중학교 선수들이 제 몸뚱이보다 커다란 가방들을 메고 지고, 목련꽃 다 떨어져 누운 여관 마당을 나서고 있다. 집으로 돌아가는 길이다. 저마다 저 때문에 졌다고 생각하는지 모두 고개를 꺾고 말이 없다. 간밤에 손톱을 깎은 일도 죄스럽고, 속옷을 갈아입은 것도 후회스러운 것이다.

    여관집 개도 풀이 죽었고,
    목련도 어젯밤에 꽃잎을 다 놓아버리는 것이 아니었다며 고개를 흔든다,

    봄은 미신(迷信)과 가깝다.

우리나라 악기

1

대나무는 들은 이야기가 워낙 많아서 한나절이면 피리가 된다. 가죽은 가슴 칠 일이 많아서 하룻저녁에 북이 된다. 나무는 저도 말 좀 해보자고 신새벽 골라 가야금이나 거문고가 된다. 쇠는 무시로 손들고 나오며 징이 되고 꽹과리가 된다. 쟁쟁쟁, 쇠한테 지고 싶지 않은 돌들이 편경이 된다.

2

이 흙덩이는 뭐냐, 떡시루 같은!
저울추 같은!
(늙은 흙이 답한다) 오래전에 묻혔으나
썩지 않는 말들이 일어나 불속으로 간다,
눈 못 감는 혼백, 잠 없는 귀신들이
훈(壎)이 된다,
부(缶)가 된다.*

공자님 앞이나
종묘(宗廟)로 가서 이쪽저쪽 잘 통하는
언어가 된다.

* '훈'과 '부'는 흙으로 만드는 악기 이름.

돌탑 꼭대기에 저 돌멩이

비 오면 기를 써서 미끄러지고
바람 불면 용을 쓰고 몸을 흔들었지요
당신한테 가려고요
바람이 돕고 당산나무 잔가지가 도와서
돌탑 꼭대기를 내려왔지요
고갯길 한복판에 떨어져 누웠지요

과거에 낙방하고 돌아가는 선비 발길에 채여
몇 굽이를 돌고
한양 가는 방자한테도 채여서
몇 산을 넘었지요
심술난 변강쇠 돌팔매로
강물도 하나 수이 건넜지요

산벚꽃 질 때 내려와서
백일홍 뜨거운 여름날 이 바닷가에 닿았지요
밤낮으로 구르고 쓸렸지요
파도에 몸을 깎고 햇볕에 졸였지요
대추알만한 몽돌이 되어서
당신 손에 들리고 싶었지요
배를 타고 청산도로 가고 싶었지요

그러나 나 다시 돌탑에 얹혔어요

춘만이 어매가 이 언덕에서
녹두장군 따라간 아들 목 빼고 기다릴 때
해 뜨면 돌 하나 얹고
해 지면 돌 둘 얹고
다음날은 돌 셋 돌 넷
다음날은 돌 다섯 돌 여섯
쌓고 던질 때
나 여기 갇혔어요

당신도 이제 땅바닥에 누웠거나
흙속에 들었겠지요
큰물이나 한번 나면 좋겠네요
벼락이나 한번 치면 좋겠네요
나 길바닥에 내려앉게요
다시 석 달 열흘쯤 기고 굴러서
당신한테 가게요
당신도 이쪽으로 흘러오게요
우리 한데 섞이게요.

의자들이 젖는다

새마을 깃대 끝에 앉았던 까치가 일어난다
까치 의자가 젖는다
평상에 앉았던 할머니가 일어난다
할머니 의자가 젖는다
섬돌에 앉았던 강아지가 일어난다
강아지 의자가 젖는다
조금 전까지 장닭 한 마리가 올라앉아 있던
녹슨 철제 의자가 젖는다

포, 포, 포…… 먼지를 털면서 흙바람이 일어난다
의자들만 남아서 젖는다
봄비다.

진달래

진달래는 우두커니 한자리에서 피지 않는다
나 어려서, 양평 용문산 진달래가
여주군 점동면 강마을까지 쫓아오면서 피는 것을
본 일이 있다

차멀미 때문에 평생 버스 한번 못 타보고
딸네 집까지 걸어서 다녀오시던 외할머니
쉬는 자리마다
따라오며 피는 꽃을 보았다

오는 길에도 꽃자리마다 쉬면서 보았는데,
진달래는 한자리에서 멀거니 지지 않고
외갓집 뒷산까지 따라오더니
고개 하나를 더 넘어가는 것이었다.

춘일(春日)

버스에 책가방을 흘렸네
침 흘리며 졸다가
차창에 이마를 받으며
졸다가
연필을 잃고 공책을 잃었네

꼭 그 사람 짝이로세
십 리에 복사꽃 만발하여 춘홍 겹던 날.
졸다가 낚싯대를 잃고
백구(白鷗)더러 웃지 말라던 노인
있잖은가, 옛시조에 나오는!

어이 사람뿐이리,
산들바람에 놀라 깬 수양버들만 잠깐씩
머리채를 흔들 뿐
개구리도 뱀 앞에서 졸고
뱀은 아예
눈도 못 뜨리, 오늘 같은 날은

이런 날엘랑은
내 증조할머니 덕수 이씨
열아홉 살 옥이도
어디선가

졸고 앉았으리.

숙련의 봄

철쭉꽃을 등에 진 할머니가
톡,
띄워올린다
산수유를 업은 할머니가
탁,
받아올린다

톡,
할머니 둘이
탁,
배드민턴 치신다
톡,
한자리에 오똑 서서도
탁,
셔틀콕 한번 놓치지 않는다
톡,
탁,
톡,
탁

톡,
같은 힘으로
탁,

같은 코스로
톡,
같은 무게로
탁,

톡, 탁, 톡, 탁
꽃 핀다.

작년 그 꽃

말이 쉽지,
딴 세상까지 갔다가
때맞춰 돌아오기가
어디 쉬운가.
모처럼 집에 가서
물이나 한 바가지 얼른 마시고
꿈처럼 돌아서기가
어디 쉬운가.
말이 쉽지,
엄마 손 놓고
새엄마 부르며 달려오기가
어디 쉬운가.

이 꽃이 그 꽃이다.

동갑

몹쓸 병이 돌아서, 생매장.

돼지들이 떠난
축사 앞에서 주인이 눈물을 훔친다
조금 있으면 내다팔 것들인데,
다 컸는데……

돼지들은 대개 동갑일 것이다

뉴스 끝에는 내 동갑도 나왔다,
고시원 옥상에서 몸을 던진 사람
흑룡강에서 온 사람
나이를 짚어보니 돼지띠.
세상에 내다팔 것이 더는 없었던 모양이다

잘 가라, 동갑네야
복 있으라,
사해(四海)의 돼지들아!

오십 청년을 위한 사랑 노래
—소순의 결혼을 축하하며

소쩍새 재촉에 찔레꽃 피고
뻐꾸기 지청구에 모란이 피는 날

하얀 얼굴 발그레한 볼, 찔레꽃처럼 어여쁜 각시를 업고
내 친구 장가가네
줄장미가 늘어서서 손뼉을 치는 길로
상장을 들고 집으로 달리는 소년처럼
상기된 얼굴로
내 친구 장가가네

낙타도 없이
외로운 세월의 사막을 건너고 바다를 건너
황금의 길을 찾아낸 친구
내 친구 장가가네,
노래하며 춤추며 가네

길은 옛길인데 걸음걸음 새로워라
굽은 길은 펴지고, 고갯길은 엎드리네
가시밭길 꽃길이 되고
돌밭 길엔 비단이 깔리네
놀라워라, 내 친구와 길동무의 길은
꿈의 길이네

사랑은 길을 만드네
풍경을 만들고 음악을 만드네

나 이제 가끔씩 옥상에 올라가 먼산을 볼 참이네
내 친구와 그의 각시가
'마르끄 샤갈' 그림에 나오는 연인들처럼
손을 꼭 붙들고 하늘을 날아다니는 것을
보게 될지도 모를 일이니까

고흐 그림처럼 별이 쏟아지게 많은 밤이 오면
나 가끔씩 창밖을 내다보려네
그 눈부신 밤하늘에서
어느 별엔가 다녀오는 내 친구와 그의 각시를
목격하게 될지도 모르니까

내 친구 장가가네,
깊은 산 찔레꽃이 살금살금 마을까지 내려오고
마당 가득한 모란꽃이 대문을 열고 나오는 날
사랑에 취한 줄장미들이 손에 손을 꼭 잡고
눈부신 햇살 속으로 소풍가는 날

내 친구 장가가네.

쉰

하루는 꽃그늘 아래서
함께 울었지

하루는 그늘도 없는 벚나무 밑에서
혼자 울었지

며칠 울다 고개를 드니
내 나이 쉰이네

어디 계신가…… 당신도
반백일 테지?

우리들의 사랑을 방해하는 것들

노회한 연적(戀敵)들은 곧잘 이런 푯말을 내걸어
우리를 따돌리곤 한다

  통제구역,
  KEEP OUT,
  立入禁止,
  접근하면 발포함

당신이 하릴없이 돌아설 때,
그들은 울 너머에서
쾌재를 부르며 웃는다

벼엉신……!
정말 쏘는 줄 알고.

그 곁엔 필경, 아주 먼 데서 와서
아주 오래 당신을 기다린 사람이 있다
쏠 테면 쏴라, 넘어오지 못한 당신을 원망하며
흐느끼는 사람이 있다

벼엉신……!
죽는 게 끝인 줄 알고.

떠나가는 배

수출용 화물 트럭과 장례식장 버스가
경부고속도로 긴 언덕길을 오른다, 느릿느릿
소처럼 성자처럼.

둘은 배 뜨는 곳으로 간다.
배는 아침부터 부우부우 권태로운 기적을
울리고 있겠지만
어쩌겠는가,
하나는 워낙 무겁고 하나는 원체 더디다.
두 느림보는 언덕마루에서 헤어진다.
트럭은 속도를 높여 내리달리고
버스는 구름을 보며 간다.

길 끝엔 배가 있다,
시간이 넘으면 저 혼자 가버리는 배와
갈 사람이 안 오면
못 떠나는 배.

3부

새의 얼굴

어떻게 생긴
새가
저렇게 슬피
울까

딱하고 안타깝고
궁금해서
밤새 잠을 못 이룬 어떤 편집자가
자기가 만드는 시집에는
꼭
시인의
얼굴을
넣어야겠다고
생각했을 것이다

그 뒤로부터, 시집에는 으레
새의
얼굴이
실렸다.

고양이가 차에 치었다

靑馬처럼 길을 건너다가,

金洙暎처럼
집에 가다가.

제물포 봄 밀물*

삭주 구성 동아일보 남시 지국장 김소월씨가
홀로 잠들기가 참말 외로워서
빠드득 이를 갈고 죽고 싶어서
인천이라 제물포에 와 삶을 끝내보려고
청루에서 독주도 두어 잔 사 마시고
선창가 여관에 누워
온갖 죽을 궁리만 죄다 해보고 있었는데
마침,

산둥반도 다녀오는 서해 밀물에
국파산하재 국파산하재(國破山河在)
두보의 목소리도 두어 줄 실려왔던지
하일시귀년 하일시귀년(何日是歸年)**
하이얗게 밀어드는 봄 밀물 소리
고요히 누워 듣다가
그래 한철만 더 살아보자
죽는 연습 마치고
날 밝기 기다려 평양성으로 돌아갔느니

* 김소월이 인천에서 쓴 것으로 보이는 「밤」을 읽고 썼다.
** 국파산하재, 하일시귀년은 두보의 「춘망(春望)」과 「절구(絶句)」
에서 인용했다.

박영준씨의 위로를 받으며 교문을 나왔다*

1967년이나 68년 어느 날이었을 것이다
시인 박목월씨가
소설가 박영준씨의 위로를 받으며
교문을 나서던 날은

근심은 시처럼 깊었고
위로의 말은 퍽이나 긴 문장이었을 것이다
마침표를 쉬이 찾을 수 없어서
둘은 종점 부근 대폿집까지 걸어가
청주를 데웠을 것이다

말들도 따라서 뜨뜻해졌을 것이다
소설처럼 밤이 깊었을 것이다
1967년이나 68년
아마도 가을날이었을 것이다

이튿날 아침,
박목월씨는 비망록에 이렇게 한 줄만
적었을 것이다
'박영준씨의 위로를 받으며 교문을 나왔다'

* 박목월 시 「패착」의 마지막 두 행.

오규원씨의 집

당신이 나무 밑에서 물었습니다
누운 채로 고개만 돌리며 물었습니다
넘어가는 햇살이 눈부신지 찡그린 낯으로
손차양을 만들며 물었습니다.
누구시더라?

모르시겠어요?
점심을 함께한 적도 있는 사람인데요
당신이 많이 아플 때였어요
당신이 시를 가르치던 남산 그늘 벽돌집,
구석방에서 이창기랑 셋이서
점심을 먹었어요.
요즘도 그 집 앞을 지날 때면 당신과 먹은
충무김밥을 생각해요.

당신이 살던 집들이 생각나요
화곡동 집은 시에서 읽었고
영월 그 집은 이야기로 들었고
양평 그 집은 사진으로 봤지요

일산 집은 상자곽 같은 회색 집,
문패엔 당신과 당신이 사랑한
여류 시인의 이름이 나란했지요

그 집 앞으로 산책을 다녔어요
돌담길 토담길은 아니었지만,
담장 너머로 스르르 사람처럼 손을 내미는
나팔꽃 호박꽃은 없었지만
시인의 골목인 것만으로도 향기로웠지요.

요다음에 또 뵙는다면
오늘 얘기도 보태야겠네요.
"저를 모르시겠어요? 강화군 길상면
가을 해는 넘어가고 목어가 울던
전등사 뒤안길로
댁 앞까지 갔던 사람인데요
당신의 문패가 브로치처럼 내걸린
소나무 한 그루의 집."

시인 이성선*

이제 와서 이야기지만, 그 사람 간첩입니다. 그가 저쪽과 내통하는 것을 제 두 눈으로 똑똑히 보았지요. 우리 일행이 티베트 고원 일몰에 넋이 나가서 카메라에 끌려다니던 어느 저녁, 그는 홀로 붉은 끝을 향해 걸어갔습니다. 사람이 저기까지 가도 되나 싶은 곳이었습니다.

점 하나가 되어 멈추더군요. 교신 포인트였겠지요. 두 팔을 번쩍 치켜들었다 가슴께로 모으면서 온몸을 대지에 던지기 시작했습니다. 아무도 없는데 접었다 펴고, 폈다가 접고, 던졌다 주워들고, 주웠다가 내던지고. 저 혼자 소리쳤지요. 저 사람 저쪽 사람 맞다.

간첩을 목격한 사람 가슴이 보통 벌렁거렸겠습니까. 게다가 간첩과 보름 동안 한방을 쓴 사람이. 물론, 그 이후엔 한번도 못 보았지요. 아마도 무사히 돌아갔을 것입니다. 그날, 하늘나라 직영 목장 같은 해발 오천 미터를 넘어가던 날, 거기서 상부의 귀환 지시를 받은 거지요.

그 사람이 다시 나타나면 연락 주십시오.

* 李聖善(1941~2001).

냉장고도 없는 사람*에게

녹색 셔츠, 그의 강연이 끝났을 때
한 청년이 물었다.
"선생님 댁엔…… 냉장고가 없다는데
사실인가요?
냉장고 없이 어떻게 살지요?"

흰 수염에 녹색 셔츠, 그가 말했다.
"지구상에 냉장고 없는 집이
냉장고 있는 집보다
몇 배, 아니
몇십 배 더 많아요."

"……"
청년이 읍(揖)을 하며 예를 갖췄다
자전거를 끌고 온
녹색 셔츠에 흰 수염,
집에 냉장고도 없는
사람에게.

* 환경운동을 하는 디자이너. 윤호섭(1943~　).

지나가던 사람이
—배병우 사진

점잖게 팔짱을 끼고, 정좌하고 앉아서
사극이나 보던 나무들이
수학여행 온 중학생들처럼
제멋대로 포즈를 취하고 섰다

오래 참았던 모양이다
천년 이상 관객(觀客)이었던 나무들이
과객(過客) 앞에서 본색을 드러냈다

단언컨대, 경주 계림의 소나무는 본디
식물이 아니었는지도 모른다
계림을 지나가던 사람이 신고를 해왔다

이 사진이 증거다

세검정에서 벽계수를 보다

일도창해(一到蒼海)하였는가,
어느 시절에는
하루에도 서 말 석 되는 흘러갔을
핏물 먹물

이제 칼을 씻는 사람도 없고 종이를 빠는 사람도 없다

그런데 저게 누구야?
저만치 휘적휘적 갔다간 뒷걸음으로 돌아오고
또 갔다간 돌아와
세검정 다리 밑에 앉아서는
버선까지 벗고
발을 씻는,

벽계수!

황진이 당신이 졌다.

오류 선생은 낮술을 마신다

심심한 버드나무가 옆 동무 옆구리를 간질인다
그 동무 눈으로만 웃다가 낮으로만 웃다가
히힝 허리를 비튼다.
싱거운 버드나무가 앞 동무 뒷덜미를 간질인다
그 동무 우듬지에 힘을 주고 등줄기를 세워보지만
무너진다, 엎어진다.

허리를 세워라 고개를 들어라
미인은 몸가짐이 좋아야 하느니 왈, 왈, 왈(曰)
……선생은 떠들지만
아무도 듣지 않는다
수업은 오늘도 일 글렀다.
두어라, 능수버들한테 무엇을 더 가르치랴
선생이 책을 덮고 허리춤의 술병을 끄른다
낮술을 마시고 춤을 춘다
모두 일어나 춤춘다.

버드나무는 버드나무 학교를 마치고
버드나무가 된다
미인은 미인 학교를 나와서
미인이 된다

낮달이 뜬 황사나루 둔덕길에

행선(行禪)

신문지 두 장 펼친 것만한 좌판에
약초나 산나물을 죽 늘어놓고 나면,
노인은 종일 산이나 본다
하늘이나 본다

손바닥으로 물건 한번 쓸어보지도 않고
딱한 눈으로 행인을 붙잡지도 않는다
러닝셔츠 차림에 가부좌를 틀고 앉아
부채질이나 할 뿐.

그렇다고 한마디도 없는 것은 아니다
좌판 귀퉁이에 이렇게 써두었다
"물건을 볼 줄 알거든,
사 가시오."

나도 물건을 그렇게 팔고 싶은데
잘 되지 않는다,
노인을 닮고 싶은데
쉽지 않다.

미당(未堂)의 숙제

국문과 2학년 '시창작론' 시간이었다
출석부를 덮으며 느릿느릿 미당이 말했다

"오늘은 날이 아주 좋구먼, 저 백일홍 나무 아래 가서
시 한 편씩들 쓰게나…… 그럼 이만."

그날 수업은 그것으로 끝이었는데
미당의 말씀은
교실 밖에서도 다 들렸는지,

백날을 다 채우고 지금 막 떠나려던
꽃들이 제자리로 돌아와서는
차렷 자세로
한나절을 더 피었다가
가려던 길을 가는 것이었다.

춤

내가 알고 지내던 유일한 무용가,*
당신이 죽었다

제자들이 당신의 관 앞에서
춤을 추었다
어떤 문장보다도 깊고 그윽했다

더러 흐느끼는 소리도 들렸으나
대개는 입을 꼭 다물고
끝까지
묵독(黙讀)하였다

나도 춤을!
배우고 싶어졌다.

* 무용가 김기인(1953~2010).

4부

가야산 홍류동

계곡 물에 신발 한 짝 떠내려온다,
또 한 짝 내려온다.

물론 최치원의 신발은 아니다.

누가 저녁밥을 짓는지 쌀뜨물이 뜬다,
상추 잎도 한 장 떠온다.

물론 신라의 저녁은 아니다.

살아남은 자의 슬픔*

이 별에 살던 사람들 모두 떠나버리고
결국은 말 못하는 것들만 남아서
쉬 죽지 못하는 물건들만 남아서
더는 할 일도 없고 갈 데도 없는
제 처지들을 알게 되었을 때
이를테면 삼성 냉장고나 벤츠 자동차가
버려진 개처럼 울부짖을 때

해와 달도 진작 모습을 감추고
다른 별에서는 소식도 없을 때

그런 것들도 그런 것들이지만
질긴 목숨의 껍데기들만
끝까지 나부낄 때
동삼동 패총(貝塚) 같은 처소도 못 정하고
그저 미쳐서 구르고 날릴 때
이를테면 사발면 그릇이나 새우깡 봉지들이
적막을 깨며 달릴 때

천지신명도 아무 말 못하고
UFO도 오지 않을 때.

* 베르톨트 브레히트의 시에서 빌려 씀.

당간지주(幢竿支柱)*

바람이 깃발을 만나러 왔는데 깃발이 없다. 하릴없이 어디만큼 가던 바람이 그럼 깃대라도 쓸어보고 가자고 돌아서 왔는데 이번엔 깃대가 없다.

* 사찰에서 깃발이나 걸개그림을 매달기 위해 세우는 깃대의 받침대.

터미널의 키스

터미널 근처 병원 장례식장 마당 끝
조등 아래서
두 사람이 입을 맞추고 있었다.
그것은 아무래도 죽음과 관계 깊은 일,
방해될까봐 빙 둘러 지하철을 타러 갔다.

휘적휘적 걸어서 육교를 건너다가
문득 궁금해졌다 입맞춤은 끝났을까,
돌아가 내려다보니
한 사람만 무슨 신호등처럼 서서
울고 있었다.

그런데 알 수 없는 일은
그 사람이 나를 쳐다보며 울고 있었다는 것이다
오라는지 가라는지 손수건을 흔들었다는 것이다.
아무리 둘러보아도
사람은 나밖에 없는데.

미국에 가면 워커를 찾으시오

이다음에 이다음에 당신이 만일 그랜드캐니언이나
요세미티 공원 같은 곳에 가게 되었을 때, 당신 얼굴을
흘끔거리며 고개를 갸웃거리는 공원 관리인이나
뒷짐을 지고 당신 곁을 빙빙 도는 산불 감시인이 있다면
가만히 명찰부터 들여다보시오

가드너도 아니고 스미스도 아니고 로버트도 아니고
테일러도 아니고 워커라면!
아, 워커…… 미스터 워커 나직하게 소리치며
손부터 꼭 쥐고 어느 나라 말로든
이렇게 소리내어 던져보시오

지리산 수철계곡
상사폭포를 기억하느냐
칠선계곡은,
달뜨기 재는?
순덕이는?

알아듣지는 못하는데 희미하게 떨고 있거나
멀겋게 눈으로 웃고 있다면 틀림없이 그 사람
쉬지 않고 산길 백 리를 치던 사람일 게요
피 흘리는 당신을 업고
눈길을 달리던 그 사람일 게요

걸어서 천황봉 구름밭으로 사라지던 그 사람

미국에 가거든
워커라는 사람을 찾아보시오

꽃을 심었다

할머니를 심었다. 꼭꼭 밟아주었다. 청주 한 병을 다 부어
주고 산을 내려왔다. 광탄면 용미리, 유명한 석불 근처다.

봄이면 할미꽃을 볼 수 있을 것이다.

곁에서 나도 함께 외쳤네
그냥 두어라 우리 청이
우리 굴업도

그 섬에 가면 보이느니,
누가 곽씨 부인을 이 바다로 불렀는지
누가 심학규씨를 다시 울게 하는지.

이몽룡씨 부부의 일일(一日)

여보 춘향, 이리 와 TV 좀 보시게
동물의 왕국 아니 바다의 세계가 나오네그려,
우리 저것 보아둘 이유 있네
토끼도 가보고 심청이도 가본 세상
어느 날의 우리 목숨도 수중(水中)에 달렸을지
뉘 알리

멸치가 되어 쫓기면 어디로 숨고
멸치떼를 쫓으려면 얼마나 빨라야 하는지
배워놓으면 그 속에 온갖 수가
다 들었을 것이네
생각해보면 금생(今生)은 너무 싱거웠느니
요다음번은 조금 쩔쩔해도 좋지 않겠나

고래 뱃속에도 들어가보고
상어 꼬리에 매달려도 보고
무엇이 되든, 인간보다는
모다 짜릿한 목숨 아니겠나

저것 좀 봐,
넙치는 모래밭에 몸을 묻고 있다가
민첩하게 먹이를 낚아채는구만
해마는 직립으로 헤엄치다가 해초 속에 숨어서

새우나 플랑크톤을 기다리는구만

물범은 수염이 레이더, 물의 파장을 감지해서
우럭을 찾아내네그려
기억해두세,
물범에겐 우럭이 밥이다
우럭은 주로 바위틈에 숨는다

아귀란 놈은 입 한번 크네,
바닥에 몸을 붙였다가
저 큰 입으로 붕장어를 덥석 낚아채는구만
아, 그러나 붕장어도
호락호락 당하지는 않는군
머리가 아귀 입속으로 들어갈 때,
꼬리 함께 낼름 밀어넣으니
아귀도 하릴없이 먹이를 놓고 마는구만

잊지 말아야겠네, 무엇이 되든
그냥 죽으란 법은 없다는 것을
지나가던 문어가 탄복하며 입을 벌릴 게야
불가사리가 부러워하면서 물을 게야
느이들은 그런 기술
어디서 배웠니

여보 춘향, 요다음엔 우리
수궁(水宮) 가서
한번 놀아볼까나.

아무렇지도 않게

칠 년 만에 다시 한방이다.
좁고 낮고 춥고 어두운 방이지만.

나는 저 남녀가 떠나온 곳을 안다.
낯선 방에
정말 아무렇지도 않게 나란히 누워
지금 막 잠에 떨어진
저 몸뚱이뿐인 남자와 여자의 이름도 안다.
성만 밝혀두자.
'경주 최씨와 김해 김씨.'

굳이 따지자면 김씨가 더 멀리 걸어왔다.
더 많은 여관과 술집과
시장과 의자의 거리를
여자 혼자서.

그렇지만,
정물은 어디 쉬운가.

"Don't disturb!"

맑은 날

구름도 바람도 먼길을 떠나서
하늘도 골짜기도 텅 빈 겨울날.

산속의 가가호호
창문 하나 없는데도 눈이 부셔서
햇살이 지붕을 두드리는 소리 시끄러워서
누워 못 있겠네,
궁금해 못 있겠네
모두들 산을 내려간 날.

주차장도 관리사무소도 텅 빈
공원묘지,
얼었던 개울물도 살살
울타리 밑을 빠져나간 날.

산비탈을 오르는 치마저고리 한 벌을 보고,
뉘시오, 경경
아무도 없다오, 경경경
산지기 누렁이만 두어 번 짖은 날.
들었는지 못 들었는지, 기어선지 걸어선지
ㄱ자의 사람 하나
빈집을 다녀간 날.

모래의 상점과 도둑의 시체를
밟고 가네
그대를 밟고 가네

     —「타클라마칸」 전문

 윤제림의 이번 시집에는 여행에 관한 시편들이 적지 않
고, 그 시적인 울림은 풍경의 구축이 아니라 그것의 바깥으
로 향하는 언어들로부터 온다. '타클라마칸'으로의 여행은
어떤 사람에게는 이국적인 풍경의 '관람'에 지나지 않을 것
이다. 이국적인 풍경의 스펙터클은 근대적 시선 경험의 한
극적인 양상이며, 신기한 장면들은 타자의 이미지를 전시하
는 방식으로 토착적인 풍경 반대편의 기호들을 이상화하는
것이다. 그런데 이 시에서 시선의 주체로서의 풍경의 주인
은 자기 존재를 과시하지 않는다. '타클라마칸' 사막을 둘러
싼 두 번의 '길'의 경험을 말하지만, 그 경험은 이 시의 화자
의 경험도 시인의 경험도 아니다. 그 '길'의 경험은 '길' 자
체의 경험, '길-시간'이 주체가 되는 기이한 경험이다. 이 시
의 위트는 "그 길을 초행인 척/ 버스를 타고 가네"라는 절묘
한 문장에서 완성된다. 관광객으로서의 시인은 그 길이 초
행일 수밖에 없지만, 상인들과 도적들이 헤아릴 수 없이 오
갔던 길 자체의 오래된 기억은, 그 길을 초행이 아닌 것으로
만든다. 그 때 "초행인 척" 그 길을 가는 이 시의 주체는 하
나의 개인이 아니라, 그 길의 깊고 오래된 기억을 다시 살아

내는 익명의 주체이다. 그는 "모래와 상점과 도둑의 시체"라는 그 길 위의 오래된 흔적들을 밟고 간다. 그 시간의 흔적들을 밟고 가는 것은, '그대'를 밟고 가는 것이기도 하다. '그대'란 '내'가 경험하는 그 시간의 지층들 속에 살고 있는 이인칭의 이름이다. 여기서 이인칭은 현재의 개별적인 '너'를 넘어서, '영원한 너'라는 무한의 시간을 향해 있다.

　　고작 삼십 리 길도 한나절을 가는 버스가
　　시커먼 연기를 뿜으며 올라오고
　　이웃나라에서 거저 얻어 온 트럭이
　　요란하게 산허리를 돌아가지만
　　길가의 나무도 돌도
　　군말이 없다
　　설산만큼 나이를 먹었을 늙은 구름들도
　　어린것들처럼
　　새뜻하다

　　설산 가는 길
　　이 원시의 새마을에선
　　내가 제일
　　고물이다
　　　　　　　　　　　　　　　—「설산 가는 길」 전문

'설산'으로 가는 길의 시간은 현대적인 시간과는 다르다. "고작 삼십 리 길도 한나절을 가는" 것이 그 길의 느린 시간이다. 이 길은 척박하고 오래된 길이며 낡은 길이다. 그 오랜 길에 속해 있는 나무와 돌과 늙은 구름 들은 그러나, "어린 것들처럼/ 새뜻하다". '새뜻하다'라는 기준은 이국적인 풍경 앞에서의 느낌을 말하는 것이겠지만, 이 공간에는 다른 시간이 존재한다는 것을 보여준다. "원시의 새마을"이라는 위트 넘치는 표현은 가장 원시적인 시간이 가장 새로운 시간이 되는 이 공간의 가능성을 드러낸다. 이 시간 속에서 '새마을'이라는 근대화의 상징으로서의 익숙한 단어는 신생의 이미지로 태어난다. 이 시의 마지막 부분에 '나'라는 일인칭의 표현이 등장한다. '나'는 이 시의 화자이며, "원시의 새마을"의 발견자이다. 동시에 발견자는 '자신'에 대한 반성적인 주체이며, "내가 제일 고물"이라는 자각에 이르는 주체이다. 가장 원시적이며 가장 새로운 이 시간 앞에, '나'는 제일 낡은 존재로서의 나를 재발견한다.

설산 눈 녹은 물에 빨래를 처덕이며
이국의 사내를 올려다보는 산골 처녀의
눈망울이 염소 같다, 소 같다

저만치 검은 소와 염소가 누이를 걱정하듯
이쪽을 본다

육이오 때, 버덩 개울물에 빨래하던
우리 엄마도 저렇게 숨죽이며
염소처럼 소처럼
북진하는 흑인 병사를 쳐다보았을 것이다
저만치서 외할아버지와 어린 외삼촌이 겁먹은 얼굴로
낯선 얼굴들을 흘끔거리고 있었을 것이다

일행 중에 누군가 휘이잇 휘파람을 불었다
처녀는 놀란 얼굴로
검은 소와 염소를 쳐다보았다

검은 소가 무어라 고함을 질렀고
염소는 떨리는 목소리로 누군가를 부르며
줄달음쳤다

—「설산 가는 길 3」 전문

　설산 가는 길의 이국적인 장면들에서 만나는 것은, 압도
적인 풍광의 시각적 스펙터클이 아니라 "산골 처녀의 눈망
울"이다. 시의 주체는 풍경이 아니라 사람의 '얼굴'을 본다.
'눈망울'을 보는 것은, 처녀의 시선을 의식한다는 것이다.
시의 주체는 '나'를 보는 '그녀'를 본다. 이런 시선의 구조는
시선의 주체와 대상과의 일방적인 관계 너머에 있다. '나'는

'검은 소와 염소'의 시선마저 의식한다. 타인의 시선을 의식하는 것은, '나'의 시선이 타인을 대상화하는 수준을 넘어서 '나'도 타인의 시선의 대상이 될 수 있다는 것을 인식하는 것이다. '나' 역시 타자에 의해 대상화될 수 있는 가능성이라는 것을 인정한다면, '나'는 타인에 대해 지배적인 위치에 서지 못한다. 이 시의 주체는 타인의 시선으로부터 시간을 가로질러 '육이오 때'의 '우리 엄마' '외할아버지와 어린 외삼촌'의 겁먹은 얼굴과 시선을 떠올린다. 낯선 방문자 앞에서의 공포라는 맥락에서, 설산 가는 길의 산골 처녀와 육이오 때의 가족들은 같은 얼굴과 시선을 가진 사람들이다. 일행 중 누군가가 부는 휘파람은 그 겁먹은 얼굴들에게 가하는 침입 같은 것일지 모른다. '나'는 여기서 방문자-침입자인 동시에, 그 이국적인 풍경 속의 겁먹은 얼굴과 시선을 마주하는 사람이며, 그 얼굴의 '현현'을 경험하는 자이다. 여기서 '나'의 시선은 단지 '여행자-관람객'의 시선이기를 멈추고, 타자의 현현을 경험하는 사건이 된다.

'얼굴'이란 무엇인가? '타자의 얼굴'을 대면하는 것은 고통받는 타자 앞에서 자아가 윤리적 주체로 다시 태어나는 것이라고 말한 것은 철학자 레비나스였다. 타자의 얼굴은 '나'로 하여금 모든 폭력에서 떠날 것을 '명령한다'. 타자의 얼굴은 내면성에 갇혀 있던 '나'로 하여금 밖으로의 초월을 가능하게 해준다. 이국의 땅에서 만나는 얼굴들을 다만 풍경의 일부로 전시된 것이라고 여긴다면, 타자를 대상화하는 '얼굴의 풍경화(風景化)'라고 할 수 있을 것이다. 윤제림의 시에서는 정반대의 사태가 일어난다. 얼굴은 풍경을 뚫고 나와서 '나'를 변화시키고 '나'를 다른 시간으로 이끌고 간다. 궁극적으로 얼굴은 '내'가 다 볼 수 없고 한계지을 수 없는 것으로 나아가게 한다.

> 만나면 이렇게도 해보고 저렇게도 해보고 싶었으나,
>
> 밤새 끌어안고 전부터 내가 알고 있던
> 모든 사랑의 동작들과 먼 나라 구름으로부터 배운
> 새로운 체위를 다 한 번씩은 해보고 싶었으나,
>
> 나 없는 새에 너무 커지고 깊어지고 넓어진
> 그대, 발가락 끝이나
> 간질이다 돌아가노니.
>
> ―「수몰(水沒)」 전문

제목에 기댄다면, 이 시는 수몰 당한 풍경에 대해 노래하고 있을 것이다. 시의 주체는 그 수몰 당한 대상에 대한 그리움을 에로틱한 상상의 장면들로 대체한다. 대상과 풍경에 대한 이러한 성애적인 그리움은 실현될 수 없다. 그 풍경은 이미 수몰된 풍경이라는 추측이 가능하다. 그런데 다른 방식으로 말하면, 모든 대상-풍경은 이미 '수몰된 풍경'이다. '나'

는 그 풍경과 대상을 가질 수 없다. 풍경이 이인칭 '그대'로 호명된다면, 풍경이 다만 시선의 대상이 아니라 '나'의 가시성을 넘어서는 존재라면, 그것은 가늠할 수 없는 것이 된다. '내'가 할 수 있는 것은 다만, "그대, 발가락 끝이나/ 간질이다 돌아가"는 것이다. 이 겸손한 시적 주체는 풍경을 장악할 수 없다는 것을 눈치챈 존재이다. 그 풍경이 '그대의 얼굴'로 나타나서, 풍경은 규정할 수 없는 '무한'의 편에 있게 된다. 모든 규정들을 초월해 있다는 의미에서 '무한'이란, 그 끝을 다 볼 수 없는 어떤 것이기 때문이다.

집으로 가는데,

큰물에 떠내려왔다가
판문점 넘어가는 북쪽의 사람들처럼
이쪽의 옷은 훌렁훌렁 벗어던지고
만세를 외치며
냅다 뛰어 달아나지 못하고

집으로 가는데,

돌 지난 아이 남겨두고 추방되는
베트남 여자처럼
아픈 몸으로

처음 올 때 입었던
그 옷을 입고.

—「하구의 일몰」 전문

　하구의 일몰을 풍경으로 만드는 것은 시선의 프레임이 할
수 있는 일이다. 이 시의 주체가 '하구의 일몰'을 보았을 때,
그가 본 것은 다만 풍경이 아니다. 그 풍경에서 보는 것은
집으로 가는 약한 자들의 모습이다. "큰물에 떠내려왔다가/
판문점 넘어가는 북쪽의 사람들"이나 "돌 지난 아이 남겨두
고 추방되는/ 베트남 여자"는 이 세계에 자신들의 몫을 갖
지 못한 사람들이다. 일몰은 다만 풍경 속에 갇혀 있지 않
고, 약한 존재들을 둘러싼 직유법 속에 다른 장면과 시간을
불러온다. 하구의 일몰은 '이쪽의 옷'을 벗어던지고 달아나
는 북쪽 사람들보다는, "아픈 몸으로/ 처음 올 때 입었던/
그 옷을 입고" 추방되는 베트남 여자가 더 가깝겠다. 하지
만 시는 A가 아니라 B라고 말하는 논리의 순간에조차, A라
는 이미지의 흔적을 지우지 않는다. 시가 보여주는 것은 논
리가 아니라 언어와 언어 사이의 흔적들이다. 그 흔적들 때
문에, 하구의 일몰은 두 장면 사이에 출몰하는 약한 자들의
얼굴이 된다.

　말이 쉽지,
　딴 세상까지 갔다가

때맞춰 돌아오기가
어디 쉬운가.
모처럼 집에 가서
물이나 한 바가지 얼른 마시고
꿈처럼 돌아서기가
어디 쉬운가.
말이 쉽지,
엄마 손 놓고
새엄마 부르며 달려오기가
어디 쉬운가.

이 꽃이 그 꽃이다.

—「작년 그 꽃」 전문

　윤제림의 시에서 꽃은 풍경의 일부로서의 꽃이 아니다.
진달래가 피었다면, 그 진달래는 "우두커니 한자리에서 피
지 않"으며, "양평 용문산 진달래가/ 여주군 점동면 강마을
까지 쫓아오면서 피는 것"이며, "외갓집 뒷산까지 따라오더
니/ 고개 하나를 더 넘어오는 것"이다.(「진달래」) 꽃은 공간
을 점유하고 풍경의 일부로 배치되는 것이 아니라, 시간의
자리에서 움직이며 거듭 피어난다. 작년에 핀 꽃이 올해 다
시 핀다는 것은, 그 꽃이 다른 세계에 속해 있다가 다시 돌아
온다는 것이다. 그 꽃이 경험했던 "딴 세상"을 가늠할 길이

111

없어서, 이 시의 화자는 "모처럼 집에 가서/ 물이나 한 바가지 얼른 마시고/ 꿈처럼 돌아서"는 일이나, "엄마 손 놓고/ 새엄마 부르려 달려오"는 일의 어려움에 비유한다. 이 비유들은 "딴 세상"에 다녀오는 일의 상상할 수 없는 어려움을 말해주지만, 작년의 꽃과 지금의 꽃 사이에 놓인 다른 시간의 깊이를 체감하게 해준다. 그 아득하고 어두운 시간을 상상하는 것은, 꽃을 시선의 대상으로 이해하는 것이 아니라 꽃의 시간으로 '나'를 진입시키는 것이다.

> 자고 일어난 산이 거울을 보네
> 못물 가득한 논에 엎디어
> 제 얼굴을 보네
> 작년 봄 뻐꾸기 울 때 보고 지금 보네.
> 그새,
> 당신이 좋아하던 꽃은 지고
> 내 머리맡에 와 울던 새도 멀리 떠났지,
> 늙은 굴참나무는 아주 눕고
> 내 놀던 바위는 저만치 굴러가버렸지,
> 창식이 삼촌은 죽어서 올라오고
> 몇 마리 짐승은 길에서 죽었지.
> 민박집 뒷산이 거울을 보며 우네,
> 작년 얼굴이 아니네
> 이 얼굴은 아니네

고개를 흔들며 우네.
장화 한 짝과 막걸리 병과 두꺼비가 보이는
논두렁에서 산이 우네.
식전부터 우네.
건너편 솔숲에서 자고 나온
백로 한 마리가 무심코 논에 들어섰다가
죽은듯이 멈춰 서 있네.
산수문 흐려진 거울 복판에
서 있네.

—「산수문경(山水紋鏡)」전문

이 시집에서 가장 아름다운 시 가운데 하나인 이 시에서,
동양적인 풍경화는 다른 시간과 얼굴 들을 불러들이는 시공
간으로 다시 태어난다. 물속에 산이 비춰진 풍경은 여기에
서 여러 주체들이 출몰하는 시간의 겹들을 갖는다. "못물 가
득한 논에 엎디어/ 제 얼굴을 보"는 산은, "민박집 뒷산"이
며, 그 공간은 "창식이 삼촌은 죽어서 올라오고/ 몇 마리 짐
승은 길에서 죽었"던 공간이다. 동양적인 풍경화는 약한 존
재들의 삶과 죽음이 교차하는 장소로 변화한다. 거울로서의
물은 그림 같은 강이나 호수가 아니라, "장화 한 짝과 막걸
리 병과 두꺼비가 보이는 논두렁"의 현실적이고 누추한 공
간이다. "당신이 좋아하던 꽃"과 "내 놀던 바위"라는 표현
들 속에서, 이 시는 일인칭 주체와 이인칭 '당신' 사이의 담

화로 구성된 것처럼 보인다. 하지만 그 사이에는 자기 얼굴을 들여다보며 "작년 얼굴이 아니네"라고 우는 산과, 죽은 듯이 그 물로 된 거울의 한복판에 서 있는 '백로 한 마리'가 행위의 주체로서 등장한다. 이 시에서의 행위 주체들은 '나'라기보다는, '우는 산'과 풍경의 마지막 무대에 등장하는 '백로 한 마리'이다. '내'가 논물에 비친 산의 풍경을 보는 것이 아니라, 산이 물에 비친 자신을 보고 있으며, 그 장면을 완성하는 것은 갑작스러운 '백로 한 마리'의 등장이다. 동양적인 풍경화로서의 '산수문경'은 이상화된 자연과 정지된 시간이라는 전형적인 풍경의 형식이기를 그치고, 생의 시간이 흐르고 삶과 죽음의 사건이 벌어지고, 마침내 풍경이 울음이 되는 공간으로 태어난다. '우는 눈'은 대상을 지배하는 시선의 눈이 아니며, 자신의 부끄러움과 타인의 고통을 들여다보는 흔들리는 눈이다. 풍경화는 전통적인 시선의 형식으로부터 빠져나와서 삶과 죽음의 교차하고 흐르는 공간에서 영원할 수 없는 것들을 들여다본다. 이 시의 아름다움은 풍경화의 아름다움이 아니라, 시간의 얼굴을 마주하는 아름다움이다. 시가 드러내는 것은 하나의 풍경을 구축하는 시선이 아니라, 우는 눈의 '현현'이다.

어떻게 생긴
새가
저렇게 슬피

울까

딱하고 안타깝고
궁금해서
밤새 잠을 못 이룬 어떤 편집자가
자기가 만드는 시집에는
꼭
시인의
얼굴을
넣어야겠다고
생각했을 것이다

그 뒤로부터, 시집에는 으레
새의
얼굴이
실렸다.

—「새의 얼굴」 전문

　누군가의 얼굴이 궁금하다는 것은, 그의 슬픔과 약함과 고통을 대면하려는 것이다. 슬피 우는 '새의 얼굴'에 대한 상상은 그 울음의 근원에 대한 관심이다. "딱하고 안타깝고/ 궁금해서" 누군가의 얼굴이 궁금해진다. 시집에 실리는 시인들의 얼굴은 가장 슬프게 우는 새의 얼굴이다. 이 시의 위트

는 지극한 슬픔을 노래하는 새의 얼굴과 시인의 얼굴을 일
종의 환유적인 관계로 구성한 것이지만, 시의 깊은 곳에서
자리잡고 있는 것은 '얼굴의 윤리학'이다. 타자의 울음을 들
었을 때 그 얼굴이 궁금해지는 것, 타자의 슬픔에 '내'가 응
답할 수밖에 없는 것, 결국 그 얼굴을 대면하게 되는 것, 그
로부터 그 모든 슬프고 약한 것에 대한 어떤 폭력도 거절하
게 되는 것. 노래와 시가 윤리적인 순간을 불러들인다면, 타
자의 목소리에 응답하는 것이 얼굴에 대한 대면으로 이어지
는 순간을 만들어주기 때문이다. 모든 노래의 아름다움과 슬
픔은 이 지점에서, 타자의 얼굴에 대한 감수성을 매개한다.
　시의 윤리성은 체제를 지탱하는 도덕적 규범들을 준수하
는 것 따위와는 상관이 없다. 시가 풍경의 구축에 머물지 않
고 아프고 약한 얼굴들을 대면하는 그 순간, 타자의 넘쳐나
는 현존을 대면하는 것에서 '윤리적인 것'은 시작된다. '나'
는 '나'를 구축하는 데에서 물러나 타자의 얼굴과 시선에 '응
답'하는 존재가 된다. 시쓰기란 자아의 권위가 아니라 그 권
력의 부재 속에서, '내'가 나로부터 벗어나는 사건이다. 시는
자기 자신의 안으로부터의 사유를 정립하는 자리가 아니라,
바깥을 대면하게 하는 타자들의 장소이다. 윤제림의 시쓰기
에서 힘없고 연약한 얼굴들, 그 무방비의 얼굴들 깊숙한 곳
에서 만나는 것은 이 얼굴들의 '가늠할 수 없음'이다. 윤제림
시 특유의 위트마저도 결국 감동스러운 것은 이 연약한 존재
들에 대한 느꺼운 감수성 때문이다. '그대의 얼굴'이 풍경을

뚫고 나온 그 순간, 그대는 깊고 다른 시간 속에 있다. 당신 얼굴이 나타날 때, '나'는 당신의 가없는 시간에 다가간다.

윤제림 충북 제천에서 나고 인천에서 자랐다. 1987년 『문예중앙』 신인문학상을 받으며 문단에 나왔다. 시집으로 『삼천리호 자전거』 『미미의 집』 『황천반점』 『사랑을 놓치다』 『그는 걸어서 온다』 등이 있다. 현재 서울예술대학교 교수로 재직중이다.

문학동네시인선 048

새의 얼굴

ⓒ 윤제림 2013

초판 인쇄 2013년 12월 10일
초판 발행 2013년 12월 16일

지은이 | 윤제림
펴낸이 | 강병선
책임편집 | 강윤정
편집 | 김민정 김필균 김형균 유성원
디자인 | 수류산방(樹流山房)
본문 디자인 | 유현아
마케팅 | 신정민 이연실 정소영
온라인 마케팅 | 김희숙 김상만 이원주 한수진
제작 | 강신은 김동욱 임현식
제작처 | 영신사(인쇄) 신안제책사(제본)

펴낸곳 | (주)문학동네
출판등록 | 1993년 10월 22일 제406-2003-000045호
주소 | 413-120 경기도 파주시 회동길 210
전자우편 | editor@munhak.com
대표전화 | 031) 955-8888
팩스 | 031) 955-8855
문의전화 | 031) 955-8890(마케팅), 031) 955-2678(편집)
문학동네카페 | http://cafe.naver.com/mhdn

ISBN 978-89-546-2354-4 03810
값 | 8,000원

www.munhak.com

문학동네